http://www.editions-micmac.com

GARE À LA POUPÉE ZARBIE !

Bibliographie sélective de l'auteur

Pour adultes

Chez [MiC_MaC] :
- *Du moment que ce n'est pas sexuel*
- *Regrets éternels*

Chez Bragelonne :
- *La ménopause des fées* (en trois tomes)
- *Le club des petites filles mortes*
- *Le club des petits garçons morts*

Chez Hors-commerce :
- *Nous ne méritons pas les chiens*

Pour la jeunesse
- *La bibliothécaire* (Hachette, Livre de poche jeunesse)

Chez [MiC_MaC] :
- *Ma sœur la princesse*
- *La poupée aux yeux vivants*
- *L'orage magique*
- *La fin du monde*

Gudule

Gare à la Poupée Zarbie !

Éditions [MiC_MaC]

Collection dirigée par Guillaume Widmann

Illustration de Couverture : Clod (http://clodv.free.fr)

ISBN : 978-2-917460-11-5

© Éditions [MiC_MaC], WAL SARL, 2008

Tous droits réservés. Toute reproduction, même partielle, est interdite sans l'accord écrit de l'éditeur.

1

Sacré Indiana !

« Devine qui vient dîner ce soir ? »

Léo lève la tête de son cahier de texte, l'air interrogatif.

« Je ne sais pas, moi… Papy ? »

Maman secoue la tête, un sourire mystérieux aux lèvres.

« Euh… ta copine Huguette ? Le patron de papa ? Le président de la république ? énumère Léo au hasard.

– Tu n'y es pas du tout !

– Les voisins d'à côté ?

– C'est toi qui es complètement à côté ! Je vais te donner une indication : il s'agit d'une personne que tu aimes beaucoup, et que tu n'as pas vue depuis longtemps…

– Un homme ou une femme ?

– Un homme… Allons, réfléchis : quelqu'un qui voyage beaucoup… »

Léo fait un bond sur son siège.

« Tonton Indiana ? s'écrie-t-il, sans oser y croire.

– Lui-même, rit maman. Ma parole, j'ai cru que tu allais donner ta langue au chat ! »

Elle semble ravie, elle aussi. Faut dire que les visites de son frère sont si rares…

« D'où vient-il, cette fois ? interroge Léo, tout excité. Du Vietnam ? D'Indonésie ? Du Kurdistan ? De Bora-Bora ? »

Maman a un geste d'ignorance.

« Ça, je n'en sais rien, il a tellement la bougeotte ! Un jour sur un continent, le lendemain sur un autre… Ce sacré Indiana prend plus souvent l'avion que nous le métro ! »

En fait, il arrive tout droit d'Amazonie, comme il l'explique une heure plus tard à sa famille qui l'accueille avec enthousiasme.

Imaginez un colosse d'un mètre quatre-vingt-dix et de quelque cent kilos, aux traits burinés par le soleil, mal rasé, mal coiffé, vêtu d'un large short kaki, d'une chemise ouverte sur un torse velu, de rangers sans chaussettes, et coiffé d'un chapeau à larges bords… Ajoutez à cela un sac à dos aussi gros que lui d'où débordent mille gadgets exotiques, ainsi qu'une voix rocailleuse marquée par les accents de tous les pays qu'il a traversés, et vous aurez un portrait assez ressemblant du personnage.

Personnage fascinant, il faut bien l'avouer ! Les explorateurs sont des gens hors du commun. Normal que Léo, subjugué, reste bouche bée devant son oncle tandis que celui-ci, installé au salon, un verre de whisky dans une main et un cigare dans l'autre, narre par le menu ses dernières aventures.

« Six mois, j'ai habité chez les Zarbis, mes enfants ! Sans rencontrer un Blanc — ce qui, entre nous, ne m'a pas manqué.

– Les Zarbis ? demande Léo, qui entend ce mot pour la première fois. Qu'est-ce que c'est ?

– Une peuplade d'Indiens vivant aux confins de la forêt équatoriale. Chez eux, la jungle est si touffue qu'on a le sentiment d'un perpétuel crépuscule. Le ciel, ils ne savent pas ce que c'est. Ils ignorent tout des astres et du cosmos : le feuillage des arbres forme au-dessus de leur tête une voûte insondable…

– Wahou ! Ça doit faire bizarre…

– Bizarre, oui, mais surtout passionnant ! Je garde de leur hospitalité un souvenir inoubliable. Ils me traitaient comme l'un des leurs. Je vivais nu, me pliant à leurs mœurs, partageant leurs coutumes, leurs rites… et leurs repas, essentiellement composés d'insectes frits et de racines macérées dans de l'urine de singe… »

L'oncle lance un regard de biais vers maman qui grimace, vers Léo qui refrène un haut-le-cœur, vers papa qui s'étrangle dans son verre, et, satisfait de l'effet produit, poursuit :

« Ces tribus primitives, que la civilisation n'a pas encore abîmées, ont un sens étonnant de la gastronomie ! »

Il fait claquer sa langue avec gourmandise, avale une gorgée d'apéro, grignote quelques cacahuètes et remarque :

« Ah, c'est autre chose que nos aliments dénaturés…

– J'espère que mon gigot aux haricots ne te dégoûtera pas trop quand même ! » lance sèchement maman.

Tonton Indiana part d'un rire énorme.

« Ne prends pas la mouche, sœurette, je ne parlais pas pour toi ! Les odeurs qui sortent de ta cuisine me chatouillent presque autant les narines que… »

Il fouille un instant sa mémoire.

« … que les méduses, fumées par les marins dans le port de Shanghai… »

À cette évocation, il se lèche les babines.

« … ou que les brochettes de scorpions des sables, préparées par les Touaregs ! »

Maman, ne sachant si elle doit se sentir vexée ou flattée, opte pour la seconde solution.

« En attendant, je vous conseille de passer à table si vous ne voulez pas manger froid ! » s'exclame-t-elle, avant de se diriger en hâte vers la cuisine.

Lorsqu'elle revient, portant un plat fumant, tonton Indiana a débouclé son sac et en sort, un à un, de bien étranges cadeaux.

« Ce masque de sorcier vaudou, dont la bouche est garnie de vraies dents et les globes oculaires de vrais yeux séchés, serait très élégant, sur votre cheminée ! »

Papa et maman échangent un coup d'œil furtif.

« Magnifique ! murmure papa sans conviction.

— Et ce châle, tissé avec du fil d'araignées carnivores — des bestioles plus grandes que mon avant-bras, qui vous dépècent un homme en moins de trente secondes —, t'irait à ravir, sœurette ! »

Il brandit le tissu brunâtre sous le nez de maman qui recule d'un pas.

« Oui, c'est vraiment… euh… superbe ! Mais… si nous admirions plutôt ces merveilles *après* le dîner ? Je t'avoue qu'elles me coupent un peu l'appétit ! »

Tonton Indiana acquiesce avec complaisance, mais emporte néanmoins une sorte de statuette, de forme vaguement humaine, qu'il pose sur la table, à côté de son assiette.

« C'est quoi ? demande Léo, dévoré de curiosité.

— Une poupée Zarbie… La chose la plus précieuse que j'aie jamais ramenée de mes voyages…»

2

Quand les chats sont ronds, la souris vole (proverbe malgache)

Tonton Indiana a beau être quelqu'un d'exceptionnel, c'est quand même un adulte. Or, tous les adultes ont un point commun : dès qu'ils se mettent à parler entre eux, leur conversation devient soporifique. Les pères, en particulier, sont doués pour ce genre de chose. On peut même dire que c'est leur grande spécialité !

L'entrée à peine commencée, ça ne loupe pas : papa embarque son beau-frère dans une discussion politique à bâtons rompus. Du coup, l'attention de Léo se relâche. Il commence à bâiller — d'autant que l'apéro s'est prolongé fort tard — et lance des appels de phares à sa mère.

Elle les capte cinq sur cinq. Piger au quart de tour, c'est la spécialité des mères.

« Et les Zarbis ? interroge-t-elle adroitement. Ils ont aussi une démocratie, un président de la république, des ministres, des députés ?

— Non, répond Indiana, chez eux, le chef de tribu, c'est le sorcier.

— Un VRAI sorcier ? s'écrie Léo. Qui fait de la sorcellerie ? »

Voilà qui est nettement plus intéressant que notre actualité terre à terre !

L'oncle prend le temps d'enfourner un gigantesque morceau de viande et une imposante fourchetée de haricots avant d'expliquer, entre deux mastications :

« Les Zarbis pratiquent une magie ancestrale qui laisserait pantois nos plus grands scientifiques. Cette poupée, par exemple… »

Il montre la statuette.

« … a un pouvoir réellement surprenant. Il suffit de la toucher en pensant à une personne en particulier pour que celle-ci se retrouve aussitôt envoûtée.

– Envoûtée ? répète maman, intriguée. Qu'entends-tu par là ?

– Démonstration : je chatouille la joue de la poupée tout en fixant mon esprit sur toi, sœurette…

– Oui, et alors ? » dit maman en se grattant la joue.

Puis elle réalise ce qu'elle vient de faire et se fige d'étonnement.

« Non, ce n'est pas possible…

– C'est une coïncidence, s'esclaffe papa. Une simple coïncidence !

– Tu sembles bien sûr de toi, beau-frère ! » pouffe Indiana en le regardant avec insistance.

Il souffle sur la poupée.

« Quel courant d'air ! s'exclame papa. La fenêtre est fermée, pourtant, et je… (ses yeux s'agrandissent) Oh, nom d'un chien !

– Alors, tu me crois, maintenant ? sourit Indiana.
– À mon tour, tonton ! » revendique Léo.

Indiana saisit le poivrier, l'agite sous le nez de la poupée et, dans la seconde qui suit, le jeune garçon éternue frénétiquement.

« C'est… c'est extraordinaire ! bredouille maman, à peine remise de ses émotions. Tu as donc la possibilité, grâce à cette statuette, de faire éprouver n'importe quelle sensation à la personne de ton choix !

– Quel pouvoir fantastique… et terrible ! » murmure songeusement papa.

Indiana hoche la tête, soudain grave.

« Je ne te le fais pas dire ! Tu imagines les dégâts que peut provoquer cette poupée si elle tombe entre les pattes d'une personne mal intentionnée ? »

À ces mots, maman frissonne.

« Je préfère ne pas y penser, murmure-t-elle. Ça me ferait faire des cauchemars…

– Que tout ceci ne nous empêche pas de savourer cet excellent dîner ! intervient papa avec une jovialité forcée. Bien qu'elle ne cuisine ni la méduse, ni l'araignée, ni le piranha, ni le caïman, ma femme est un véritable cordon-bleu, et je propose de porter un toast à son talent.

– Excellente idée ! apprécie Indiana. Je lève mon verre à tes exploits culinaires, sœurette !

– Et au plaisir d'être ensemble, ce soir ! » susurre maman.

Ils boivent, se resservent, reboivent... si bien qu'à la fin du repas, ils sont tous trois légèrement éméchés.

« Si nous passions au salon pour un petit pousse-café ? propose papa.

– Volontiers, beau-frère ! »

Ils s'éloignent bras dessus bras dessous. C'est le moment qu'attendait Léo depuis le début du dîner. Car lui, il a gardé toute sa lucidité. Et tandis que les adultes devenaient de plus en plus gais, il espérait...

Des fourmis d'impatience lui grimpent le long des mollets.

... il espérait que son oncle oublie la poupée Zarbie sur la table. Or, c'est exactement ce qui s'est passé.

« Tu veux que je débarrasse, m'man ? » propose-t-il gentiment (mais pas innocemment).

Maman a un sourire étonné et ravi.

« Avec plaisir, mon chéri... C'est la présence de ton oncle qui te rend aussi serviable ? »

Si elle savait à quel point elle a raison ! Léo lui répond par une moue de connivence.

« Va t'asseoir, je m'occupe de tout ! »

Tandis qu'elle part, d'un pas léger, retrouver les deux hommes, il s'empresse d'empiler les assiettes, de rassembler les couverts... et, dans la foulée, escamote l'objet de sa convoitise. Puis, ayant entassé la vaisselle sale dans l'évier et dissimulé la poupée Zarbie sous son pull-over, il lance, le cœur battant :

« Bon, ben moi, je vais me coucher… Bonsoir, tout le monde !

— Dors bien, mon chéri ! gazouille maman.

— Fais de beaux rêves ! ajoute papa.

— Et à demain ! conclut Indiana, en soufflant lentement la fumée de son cigare.

— Tu dors ici, tonton ?

— Oui… Reprendre la route après une soirée bien arrosée, c'est plus dangereux que de franchir le Niagara à la nage ! »

*
* *

Cette nuit-là, Léo met longtemps à trouver le sommeil. Mais ce n'est pas le remords qui le tient éveillé, oh non ! Ni la crainte d'être grondé si on découvre son larcin. C'est une grande, immense, gigantesque excitation !

Dans le rayon de lune qui tombe de la fenêtre, la poupée Zarbie, posée sur la table de chevet, luit faiblement.

« On va bien se marrer, toi et moi, tu vas voir ! » lui murmure le jeune garçon tout bas.

Sur le visage de bois maladroitement sculpté, la froide clarté lunaire dessine une expression énigmatique.

3

Mieux que Batman et Musclor réunis !

« Maintenant, il s'agit de jouer serré ! »

Léo saute du lit et, avant toute chose, fourre la poupée Zarbie dans son sac d'école.

« Pourvu que tonton n'ait pas remarqué que je l'avais prise, hier... Pourvu qu'il ne me la réclame pas... Pourvu que... »

Un peu fébrile, il sort de sa chambre pour se rendre à la salle de bains. Un ronflement sonore lui parvient de la chambre d'amis.

« Rectification, pense Léo avec soulagement. Il n'est pas en état de me réclamer quoi que ce soit... Si mes parents ne s'en mêlent pas, je suis tranquille jusqu'à ce soir ! »

Dans la cuisine, papa et maman prennent leur café en bâillant. Ils ont mauvaise mine, les paupières bouffies, et sont avachis sur leurs chaises.

« Vous, vous avez veillé trop tard, hier ! devine le jeune garçon, en remplissant son bol de céréales.

— On s'est couchés à l'aube, avoue papa. Ce satané Indiana est increvable !

– On voit bien qu'il ne part pas travailler, lui... ronchonne maman. Je sens que je vais somnoler toute la journée, devant mon ordinateur, moi... »

Léo approuve d'un éclat de rire. L'état comateux de ses parents l'enchante. Décidément, la chance est avec lui : ce ne sont pas ces zombis qui vont lui demander des comptes, et d'ici que tonton se réveille, il sera depuis longtemps en classe — donc, injoignable ! Et avec la statuette !

Quel pied !

Les tours qu'il va pouvoir jouer à ses camarades ! Il s'en réjouit d'avance !

*
* *

En pénétrant dans la cour de récréation, Léo est sur un petit nuage. Il se sent comme un roi visitant ses sujets incognito. Eux, ignorent qu'il a tout pouvoir sur eux. Ils ne se doutent pas qu'ils sont soumis à ses caprices et que, d'un seul geste, il peut changer le cours de leur vie... Comme c'est enivrant !

Un frisson de plaisir au creux des omoplates, le jeune garçon les observe les uns après les autres. Par qui va-t-il commencer ? Lequel de ses copains va lui servir de cobaye ? Félix, qui lui a piqué son stylo-bille la semaine dernière ? Hugo, qui copie toujours sur lui pendant les interros écrites ? Cédric, qui lui a écrasé un Petit-suisse dans les cheveux, avant-hier, à la cantine ? Ou Arthur-la-terreur, toujours prêt à casser la figure à tout le monde ?

Arthur, tiens tiens... Ce n'est pas une mauvaise idée, ça !

En rigolant, Léo se plante devant sa future victime. Cette attitude déplaît au gros balaise — qui, en plus d'être costaud, agressif et d'avoir mauvais caractère, souffre d'une susceptibilité quasiment maladive.

« Qu'est-ce que t'as à te marrer comme une baleine, minus ? gronde-t-il, sur le qui-vive. Tu me nargues, ou quoi ? Fais gaffe, quand on me cherche, on me trouve ! »

Il lui fonce dessus, les poings en avant. Sans se démonter, Léo indique du doigt sa narine gauche.

« T'as un truc qui pend, là... »

Rien de tel pour désarçonner l'adversaire. Coupé net dans son élan, Arthur porte le doigt à son nez et frotte.

« Et maintenant ?

— Ça pend deux fois plus ! »

Phénomène bien connu de tous ceux qui fréquentent les cours de récréation : un attroupement se forme aussitôt autour d'eux.

« Qu'est-ce que tu racontes ? intervient Rita, toujours prête à prendre la défense des opprimés (même quand ces derniers sont des mastodontes). Il n'a rien qui pend !

– Ben si, sa connerie ! » s'esclaffe Léo, avant de prendre ses jambes à son cou au milieu de l'hilarité générale.

Ni une ni deux, Arthur s'élance à sa poursuite dans l'intention évidente de l'étriper.

Tout en courant, Léo glisse la main dans son sac, pense intensément à la brute qui le talonne — ce qui ne nécessite pas un grand effort : son haleine de taureau lui incendie la nuque ! —, et envoie une pichenette sous le menton de la poupée. Projeté en arrière par un uppercut invisible, Arthur s'étale sur le sol, à moitié assommé.

Sans même lui jeter un regard, Léo s'éloigne en sifflotant. La poupée Zarbie est encore plus fortiche qu'il ne l'imaginait. Avec ça, il est invincible ! Batman, Musclor, Akira-kiri et autres super-héros peuvent bien aller se rhabiller : grâce à la statuette magique, pas un ne lui arrive à la cheville !

Une rumeur, derrière lui, l'arrache à ses agréables pensées. Arthur a repris du poil de la bête et, encouragé par ses supporters déchaînés, s'apprête à le pulvériser.

Qu'à cela ne tienne ! Léo glisse à nouveau la main dans son sac, et le poing d'Arthur s'abat avec une force inouïe... sur son propre nez.

Cette fois, il est définitivement K.O. Tandis que le surveillant, aidé de M. Tananarive, l'instit des CP, l'emmène à l'infirmerie, cinquante paires d'yeux effarés suivent les faits et gestes de Léo. Et parmi eux, ceux, couleur noisette et ourlés de longs cils, de Rita.

C'est à cet instant précis que la sonnerie, annonçant la fin de la récréation, retentit.

« Ne vous inquiétez pas, les cocos, la fête ne fait que commencer ! » pense Léo, en prenant place dans le rang.

4

Un baiser de trop

Ce n'est un secret pour personne : tous les garçons de la classe, sans exception, sont amoureux de Rita. Le fin visage de la fillette, ses boucles brunes, retombant en cascade sur ses épaules, et son corps de danseuse font tourner bien des têtes. C'est la star des CM2, le top-modèle de l'école. Pour sortir avec elle, plus d'un garnement donnerait sans hésiter sa gameboy, ses rollers, son walkman... et même sa playstation !

Mais Rita est insaisissable. Ça fait partie de son charme...

Insaisissable ? Pour le commun des mortels, peut-être, mais pas pour Léo ! Plus pour Léo !

Avec mille précautions, le jeune garçon fait glisser la poupée Zarbie de son sac sur ses genoux. Ainsi, il l'a à portée de main. Elle est plus facile à manipuler que coincée entre les livres et les cahiers !

Parce que bon, lorsqu'il s'agissait de fiche des roustes à Arthur, les gestes approximatifs suffisaient. Mais pour ce qu'il projette d'accomplir maintenant, un maximum de précision et de la délicatesse sont nécessaires !

« Leçon de grammaire, annonce Mme Proutch, la remplaçante de Mlle Dupidou, partie aux Bahamas avec Popol, son fiancé. Aujourd'hui, nous allons étudier les accords du participe passé. »

De sa plus belle écriture, elle marque : *Auxiliaire être* au tableau, et souligne.

Profitant de son inattention, Léo, du bout de l'index, caresse les cheveux de la poupée, tout en gardant les yeux fixés sur la nuque de Rita, assise au premier rang. La réaction est immédiate : la fillette tressaille, porte la main à sa tête puis se retourne, éberluée.

« Wahou, ça maaarche ! » triomphe Léo intérieurement. Et, d'un doigt léger, léger, il effleure la figure de la poupée, du front au menton, en s'attardant sur les pommettes, au creux des joues, au coin des lèvres...

Devant lui, il voit frémir le dos de Rita. Elle se retourne à nouveau, et là... leurs yeux se rencontrent. Ceux de la fillette, pleins d'incompréhension, et les siens, troublés. Entre eux se tisse comme un fil invisible. « Est-ce toi ? » demandent les prunelles de Rita. « Tu aimes ? » répondent celles de Léo, dans son visage devenu aussi rouge qu'une tomate.

« Rita ! C'est par ici que ça se passe, pas là derrière ! » crie Mme Proutch en frappant dans ses mains.

La fillette obtempère, toute confuse.

« Reprenons », dit la maîtresse, et elle inscrit : *Claire est rentrée à la maison.*

« Qui peut me dire avec quoi s'accorde le mot "rentrée" ? »

Plusieurs doigts se lèvent.

« Mélissa ?
– Avec "Claire".
– Et si, au lieu de "Claire", j'avais mis "Jean", comment aurais-je écrit "rentrée" ? Félix ?
– Sans e.
– Très bien. Nous pouvons donc en déduire que le participe passé employé avec l'auxiliaire être s'accorde avec le sujet du verbe. Vous suivez ? »

Un « ouiiii » unanime s'élève. Enfin... presque unanime. Deux élèves ne s'intéressent pas à la leçon : Rita, qui se pose des questions autrement importantes que l'accord des participes passés, et Léo, qui, lui, se demande comment s'y prendre pour embrasser Rita.

Parce que c'est ça, son but : embrasser Rita. (Par l'intermédiaire de la poupée, évidemment ! Le faire en vrai, il n'ose même pas l'envisager !) Or, la poupée est toujours sur ses genoux. Pour poser ses lèvres sur les lèvres de bois, il lui faut ou se plier en deux et disparaître sous la table, ou lever la poupée à hauteur de sa bouche, au vu et au su de tout le monde.

Cruel dilemme !

Après réflexion, il choisit la première solution, la moins confortable, certes, mais également la moins risquée. Profitant de ce que la maîtresse note la règle au tableau, il se penche, se penche...

« Léo ! »

Traversé par un courant de cent mille voltes, l'interpellé se redresse d'un bond. Mme Proutch, les poings sur les hanches, le toise sévèrement.

« À quoi es-tu en train de jouer, au lieu de suivre le cours ?

– Euh… je… je ne joue pas, m'dame…

– En es-tu sûr ? Qu'est-ce que tu caches là-dessous ?

– Rien du tout, m'dame, je vous jure… »

Tout en parlant, la maîtresse descend de l'estrade, s'engage entre les tables et, parvenue au niveau de Léo, le saisit par le bras et l'oblige à se lever. Bien entendu, la poupée tombe par terre.

« Et ça ? » s'écrie Mme Proutch en la ramassant.

Avec un haut-le-corps, Léo la lui arrache. L'institutrice change de couleur.

« Qu'est-ce qui te prend ? fulmine-t-elle. Donne-moi cette "chose" tout de suite ou je t'envoie chez le direct… »

Mais sa phrase se termine par un "couac" lamentable. Les bras serrés le long du corps, les pieds joints, elle esquisse une torsion maladroite des épaules qui évoque à s'y méprendre les mouvements d'une personne ligotée qui essaye de se libérer…

Et pour cause ! Léo serre de toutes ses forces la poupée dans sa main !

Cette scène, incompréhensible pour la classe, provoque un brouhaha inquiet.

« Qu'est-ce qui se passe ?
— Pourquoi la maîtresse ne bouge plus ?
— Elle est malade ?
— Vous êtes malade, maîtresse ? »

Effrayé par les conséquences de son acte — la rébellion contre l'autorité, c'est pas son truc ; on peut être à la fois Batman, Musclor ET bon élève ! —, Léo repose la poupée sur la table.

« Euh… voilà, m'dame, vous fâchez pas… »

Retrouvant aussitôt l'usage de ses membres, Mme Proutch essuie son front baigné de sueur.

« Je… je crois que je viens d'avoir un malaise… balbutie-t-elle. Quelle impression affreuse ! Je suffoquais, je ne pouvais plus bouger… Je dois faire une crise d'hypertension ! »

D'un geste mal assuré, elle saisit la poupée et repart cahin-caha vers son bureau.

« Confisquée ! déclare-t-elle en remontant sur l'estrade. Tu sais parfaitement qu'il est interdit d'emmener des jouets en classe, Léo !

— Ce n'est pas un jouet ! proteste le jeune garçon. C'est un fétiche indien que mon oncle a ramené d'Amazonie, et si je ne le rapporte pas, je vais me faire salement engueu… euh… gronder ! »

Mme Proutch lui lance un regard noir. Sa mésaventure l'a mise de fort mauvaise humeur.

« Tant pis pour toi ! Je... »

Un "toc toc" discret lui coupe la parole.

« Oui ? Entrez ! »

La porte s'entrouvre sur les lunettes à double foyer, les frisettes grisonnantes et la blouse blanche de Mlle Gouzigouza, l'infirmière.

« Le docteur est là pour la visite médicale, annonce-t-elle. Inutile d'interrompre la leçon, les élèves n'ont qu'à venir un à un. On commence par qui ? »

Mme Proutch parcourt la classe des yeux et s'arrête sur Clarisse. De la main qui tient la poupée Zarbie, elle l'indique.

« Toi ! »

La vivacité du mouvement est telle que Clarisse décolle littéralement de sa chaise pour se rétamer vingt mètres plus loin, aux pieds de l'infirmière.

« Du calme, voyons, du calme... ! s'étrangle celle-ci, en relevant la fillette épouvantée.

– Je... je... c'est pas moi... » bégaie Clarisse, entre deux claquements de dents.

L'incident est bientôt clos... sauf pour Léo, qui se ronge les ongles dans l'appréhension d'une nouvelle catastrophe, et Rita, dont les yeux noisette débordent de questions. Quant à Mme Proutch, après avoir exhorté ses élèves à moins de précipitation, elle range distraitement la poupée Zarbie dans son cartable.

Ouf ! Tout danger est provisoirement écarté.

5

Catastrophe(s) !

Quatre heures, sortie des classes.

« M'dame, s'il vous plaît... supplie Léo, tandis que ses copains s'égaillent dans toutes les directions. Je vous demande pardon pour tout à l'heure... Je ne le ferai plus, mais rendez-moi ma statuette ! »

L'institutrice secoue la tête. L'impertinence de Léo lui reste encore sur l'estomac.

« Non, tu mérites une bonne leçon !

– Mon oncle va être furax !

– N'essaie pas de m'attendrir, je te prie ! Ce serait trop facile : tu te comportes comme un petit voyou et il faudrait que je passe l'éponge ? Eh bien non ! Si ton oncle veut récupérer son bien, je le lui remettrai en main propre. Il n'a qu'à venir le chercher chez moi. Et en attendant, s'il te passe un savon, tu ne l'auras pas volé ! »

Inutile d'insister, elle ne cédera pas. Léo, complètement découragé, la regarde s'éloigner en direction de la Cité, où elle habite. Les inquiétantes paroles de tonton Indiana lui reviennent en mémoire : « Tu imagines les dégâts que peut provoquer cette poupée si elle tombe entre les pattes d'une personne mal intentionnée ? » Oh oui, maintenant qu'il a expérimenté son pouvoir, Léo l'imagine, et très nettement même. C'est parfaitement effroyable — même si la personne en question n'est pas mal intentionnée, ce qui est le cas, mais tout simplement maladroite. Et surtout, ignorante des forces occultes qu'elle trimballe dans son cartable !

Une bombe, à côté, c'est du pipi de chat !

La gorge serrée, il suit des yeux la lourde silhouette de Mme Proutch qui rapetisse peu à peu dans le lointain.

« Pourvu qu'elle ne touche pas la poupée d'ici demain… » souhaite-t-il de tout son cœur.

Mais il ne peut s'empêcher de culpabiliser. Tout ça, c'est de sa faute. S'il s'était tenu tranquille, la poupée serait restée dans la salle à manger en attendant le réveil de son propriétaire, et rien de tout cela ne serait arrivé…

Sans compter *ce qui n'est pas encore arrivé*, des désastres effroyables dont il sent la menace peser sur sa conscience !

« Faut que je mette tonton au courant, décide-t-il, dans un sursaut de courage. Lui seul peut nous sortir de ce guêpier. » Et il court d'une traite jusqu'à la maison.

Mais malheureusement, la maison est vide.

« Tonton Indiana ! Tonton Indiana ! »

La chambre d'amis est vide également, et les bagages de l'oncle ont disparu.

Dans la cuisine, parmi les reliefs d'un pantagruélique petit-déjeuner, est posé un papier avec ces simples mots :

Je suis parti pour Bornéo. Impossible de remettre la main sur ma poupée Zarbie, je ne sais pas ce que j'en ai fait hier soir. Si vous la retrouvez, surtout NE L'UTILISEZ PAS. Elle est bien trop dangereuse, et un accident est si vite arrivé ! Rangez-la au fond d'un tiroir en la touchant le moins possible, je la reprendrai à mon prochain passage.
Je vous embrasse tendrement tous les trois.

INDIANA

Léo se laisse tomber sur une chaise, effondré. Parce qu'avouer son larcin à tonton Indiana, ce n'était pas encore trop dur — courir le monde vous donne des trésors d'indulgence ! — mais à papa et maman ! Alors là, c'est carrément au-dessus de ses forces !

Et pendant ce temps-là, la statuette et son pouvoir maléfique se baladent dans la nature...

« Oh, et puis zut, après tout ! J'ai tort de me tracasser : si la mère Proutch a des ennuis, elle l'aura bien cherché ! D'ailleurs, il y a toutes les chances pour qu'elle oublie la poupée au fond de son sac... Dans quelques jours, elle la retrouvera, me la rendra, et cette histoire ne sera plus qu'un mauvais souvenir ! »

(Presque) rassuré par ce raisonnement, il fourre le petit mot du tonton dans sa poche — autant laisser ses parents en dehors du coup, ça évitera des explications épineuses —, se prépare à goûter et ouvre son livre de maths. Le meilleur moyen de se faire pardonner au plus vite par la maîtresse n'est-il pas de bien faire ses devoirs et de bien étudier ses leçons ?

*
* *

Absorbé par son travail scolaire, Léo n'entend pas la sirène de l'ambulance qui traverse la ville pour se diriger à toute allure vers la Cité. Et même s'il l'entendait… Pourrait-il deviner que, tandis qu'il peinait sur ses divisions à deux décimales, M. Proutch venait de se casser la jambe en dégringolant les escaliers ? Et que la malheureuse poupée Zarbie gisait sur le sol du rez-de-chaussée après un vol plané de deux étages, Mme Proutch ayant, par inadvertance, télescopé son mari sur le palier de la salle de bains alors qu'elle le cherchait pour la lui montrer ?

6

Catastrophe(s) : suite

Le lendemain, l'absence de Mme Proutch n'étonne personne. De l'avis général, elle est malade : son malaise de la veille le laissait prévoir. C'était le premier symptôme d'une grippe ou d'une angine.

« Moi, affirme Félix, quand je couvais les oreillons, j'avais du mal à respirer !

– Et moi, chaque fois que je vais avoir un rhume, je transpire tellement que c'est comme si je pissais au lit ! » assure Marion.

Mais le directeur les détrompe bien vite.

« Mes enfants, leur annonce-t-il, après avoir amené le rang en classe, votre maîtresse va devoir s'absenter durant quelques jours. Deux accidents très graves viennent de l'éprouver coup sur coup : son mari a fait une mauvaise chute, hier soir. Et quelques heures plus tard, pendant qu'elle était encore à son chevet à l'hôpital, son fils a failli se noyer dans son bain… »

Léo a l'impression qu'un autobus lui percute l'estomac. Sous le choc, il pousse un cri étouffé.

« Eh bien, mon garçon ? s'étonne le directeur. J'apprécie que tu prennes à cœur les soucis de ton institutrice, mais pas à ce point !

– Comment est-ce arrivé, m'sieur ? s'enquiert Félix.

– La "noyade" ? On l'ignore. Un évanouissement, peut-être ? L'eau trop chaude provoque parfois des pertes de connaissance... Par bonheur, la petite sœur de la victime, une enfant de trois ans, a donné l'alarme. Ses cris ont alerté les voisins qui ont pu intervenir à temps. C'est une chance inouïe qu'elle ait été témoin du drame : pendant que son frère se baignait, elle lavait sa poupée dans le lavabo tout en bavardant avec lui...

– S... sa poupée ? bégaie Léo.

– Oui... enfin, pas la sienne : une poupée "qu'elle avait trouvée par terre", selon ses propres termes. « Elle était très sale, alors je l'ai rentrée tout entière dans l'eau, la tête avec ! », a-t-elle expliqué aux enquêteurs, sans réaliser que son frère devait la vie à cette occupation puérile... »

Le directeur hoche la tête, songeur.

« La destinée emprunte parfois les traits d'une petite fille soigneuse... » murmure-t-il d'un air pénétré.

Un bruit sourd l'interrompt : Léo vient de tomber dans les pommes.

*
* *

« Décidément, dit Mlle Gouzigouza en installant le jeune garçon dans le lit de l'infirmerie, tout le CM2 va défiler ici ! En deux jours, j'ai déjà eu Arthur, qui est en congé maladie avec le nez cassé, Clarisse, que sa mère a dû venir rechercher : elle avait des contusions partout... Et maintenant, Léo. Que se passe-t-il donc dans votre classe ? »

C'est à Rita qu'elle s'adresse. La fillette lui répond par une mimique d'ignorance. Tout ce qu'elle sait, c'est que son camarade s'est effondré, bleum, comme ça, sans prévenir. Elle a accompagné le directeur qui l'emmenait à l'infirmerie et a obtenu l'autorisation de rester à son chevet. Mais pour le reste... mystère !

Grâce aux bons soins de Mlle Gouzigouza — une compresse froide sur le front et un sucre imbibé d'alcool dans la bouche —, Léo retrouve bientôt ses esprits. Il ouvre les paupières... et croit rêver encore, car la première chose qu'il aperçoit, c'est le visage de Rita, anxieusement penché sur lui.

Les yeux noisette le sondent jusqu'au fond de l'âme, et la jolie bouche rose articule :

« Léo, t'as intérêt à me dire la vérité !

– Que... quoi ? ... bégaye-t-il, encore dans les vapes.

– Ne fais pas l'idiot, s'il te plaît ! Et parle-moi un peu de cette fameuse poupée... »

À certains moments, rien ne soulage plus que de vider son cœur. Léo, qui pourtant s'était bien juré de ne livrer son secret à personne, craque. D'une voix entrecoupée, il avoue tout, sans rien cacher.

C'est encore pire que ce que Rita craignait.

« Bravo, tu t'es mis dans de beaux draps... s'exclame-t-elle, consternée. Et cette pauvre Mme Proutch qui peut, à n'importe quel moment, commettre un meurtre horrible sans même s'en rendre compte ! Nous sommes tous à sa merci : toi, moi, nos copains, le directeur, le président de la république...

– Le président de la république ? Tu exagères !

– Ah ouais ? Imagine, par exemple, qu'elle décide de brûler la poupée en suivant les infos à la télé ? »

Ma parole, elle a raison ! Léo se ratatine dans son lit.

« Elle peut aussi penser à toi, en la jetant dans le feu, je te signale... continue perfidement Rita. Après tout, c'est à toi qu'elle appartient !

– Mais p... pourquoi elle la brûlerait ? souffle Léo, plus mort que vif.

– Parce que cette saloperie de poupée porte malheur, tiens, voilà pourquoi ! Vu le nombre de problèmes qui lui sont tombés dessus depuis qu'elle te l'a prise, elle doit bien commencer à soupçonner quelque chose ! »

Léo se redresse d'un bond, en proie à une terreur indicible.

« Faut la lui reprendre tout de suite !

– Je ne te le fais pas dire ! »

L'instant d'après, ils sortent à pas de loup de l'infirmerie. Une chance : il est midi, les couloirs sont bondés. Les deux fugueurs passent donc inaperçus dans la cohue.

Au lieu de se diriger vers la cantine, comme chaque jour, ils se glissent dans le rang des externes. Et cinq minutes plus tard, ayant passé sans encombre la loge du concierge, ils courent à perdre haleine vers la Cité.

7

Catastrophe(s) : fin (du moins, on l'espère !)

Mme Proutch a mauvaise mine. Pâle, les yeux cernés, les joues creuses, elle n'est plus que l'ombre d'elle-même.

« Rita ? Léo ? s'étonne-t-elle en ouvrant la porte. Que faites-vous là ? Vous devriez être à la cantine, à cette heure-ci !

– On est venus prendre de vos nouvelles, ment Rita. Le directeur nous a donné la permission.

– C'est très gentil de votre part, mais je ne vais pas pouvoir m'occuper de vous : ma mère vient d'avoir un accident... »

Les deux enfants échangent un regard terrifié.

« Qu'est-ce qui s'est passé ? s'écrient-ils en chœur.

– Je ne sais pas exactement, je n'ai pas encore tous les détails de l'affaire. Le téléphone a sonné, il y a une demi-heure environ. J'étais à l'étage. Ma fille, Zoé, a décroché, je l'ai entendue parler quelques instants, puis elle m'a crié : « Maman, c'est mamie ! » Je suis descendue quatre à quatre : ma pauvre mère se tracassait pour la santé de son gendre et de son petit-fils, et j'avais hâte de la rassurer ! Dans ma précipitation, j'ai même piétiné, sans y prendre garde, une poupée qui traînait par terre... »

Elle s'arrête, en proie à une forte émotion.

« Et alors ? interrogent Léo et Rita en chœur.

– J'ai pris l'appareil, mais au lieu de la voix de ma mère, je n'ai entendu qu'un gémissement. La plainte de quelqu'un qui souffre atrocement. Il lui était arrivé quelque chose pendant qu'elle m'appelait... Affolée, j'ai immédiatement prévenu les pompiers.

– Et... ils ont découvert la cause de l'accident ? souffle Rita — qui connaît déjà la réponse.

– Non... La pauvre vieille gisait sur le sol, devant son téléphone, toute disloquée... On vient de la transporter d'urgence en réanimation. »

Elle essuie une larme.

« Il faut que j'aille la voir, mes enfants... Rentrez vite en classe !

– Euh... la poupée sur laquelle vous avez marché, ce ne serait pas la mienne, par hasard ? » risque timidement Léo.

Mme Proutch fronce les sourcils.

« Peut-être bien, je n'ai pas fait attention... Mais maintenant que tu le dis !

– Je... je voudrais bien la récupérer...

– Écoute, mon petit bonhomme, ce n'est vraiment pas le moment !

– S'il vous plaît, insiste Rita, c'est très important ! »

La maîtresse lève les yeux au ciel.

« Se préoccuper d'une poupée dans de pareilles circonstances ! Ces gosses sont d'une inconscience ! Une autre fois, siffle-t-elle, en faisant volte-face. D'ailleurs, je ne sais même pas où elle est, et je n'ai pas le temps de la chercher ! »

Elle reclaque la porte au nez de Rita et Léo consternés. Mais comme ils s'éloignent, tête basse, des éclats de voix leur parviennent par la fenêtre ouverte.

« Ce n'est pas à toi, voyons !
– Si, c'est à moi ! C'est MA poupée !
– Je t'en achèterai une autre, bien plus belle !
– Veux pas une autre, veux celle-là !
– Donne-la moi tout de suite, Zoé, ou je me fâche ! »

L'instant d'après, Mme Proutch se penche au balcon de l'étage.

« Attendez, les enfants, je l'ai trouvée : ma fille jouait avec ! »

Elle se retourne vers l'intérieur de la pièce :

« Regarde, Zoé, c'est à eux, cette vilaine poupée. Il faut la leur rendre tout de suite ! »

Une petite fille en pleurs apparaît, derrière la rangée de pots de géraniums. Elle serre la statuette Zarbie contre son cœur.

« Veux pas la rendre !
– Vas-tu obéir, à la fin ? »

Mme Proutch, très énervée, tente de la lui prendre. Zoé s'y cramponne de toutes ses forces puis, sentant qu'elle n'aura pas le dessus, entre dans une de ces colères dont les tout-petits ont le secret.

« Méchante, méchante maman ! » beugle-t-elle.

Et, dans un dernier effort, elle arrache la poupée à sa mère et la jette par-dessus le balcon.

Un double hurlement accueille son geste. Un triple hurlement, plutôt, car la voix de Mme Proutch se mêle à celle de Léo et Rita. Forcément : elle vient d'être propulsée dans les airs…

Léo, paralysé d'horreur, la regarde fendre l'espace avant de retomber à pic.

C'est là que Rita fait preuve d'un sang-froid admirable. Sans se préoccuper de la maîtresse, elle fixe son attention sur la trajectoire de la statuette, prévoit le point d'impact et, avec une adresse de championne de basket, la rattrape au vol.

Le cri de Mme Proutch s'arrête aussitôt. Elle gît au beau milieu de la pelouse, indemne. Grâce à la présence d'esprit de Rita, son atterrissage s'est passé en douceur. Elle en sera quitte pour la frousse de sa vie.

Là-haut, Zoé, épouvantée, sanglote :

« Patatras, maman… Bobo, maman… Cassée, maman !

– Euh… Ça va, m'dame ? » s'inquiète Léo, en se précipitant vers la maîtresse pour l'aider à se relever.

Cette dernière tremble de tous ses membres, et son teint, de pâle qu'il était, est devenu vert.

« Je... je... je ne comprends pas... bredouille-t-elle. Je me suis sentie attirée par le vide comme par un aimant... C'était irrésistible, si violent, si brutal ! ... Et ma petite Zoé... Quel traumatisme, pour elle ! »

Quelques minutes plus tard, sa fille encore hoquetante blottie sur ses genoux, elle se remet de ses émotions devant un petit verre d'alcool de menthe. Quant à Rita, elle tient fermement la poupée Zarbie et rien au monde — même pas un cataclysme, un tremblement de terre ou une alerte nucléaire — ne la lui ferait lâcher !

8

Le conducteur de mob a perdu les pédales

« Tu sais quoi ? dit Rita, tandis que, côte à côte, ils reprennent le chemin de l'école. Cette statuette est un danger public, il ne faut plus jamais y toucher ! »

Léo partage ce sage avis. Il en a marre de risquer, à chaque instant, sa peau et celle de son entourage. Il n'a plus qu'une seule envie, à présent : enfouir la poupée Zarbie au fond d'un tiroir et l'oublier, jusqu'au prochain passage de tonton Indiana.

« On va la porter chez toi avant d'aller en classe, décide Rita. J'ai une de ces trouilles, tu peux pas savoir…

– Pourquoi ? s'étonne Léo. Tant que c'est toi qui l'as, que veux-tu qu'il arrive ?

– Des tonnes de choses, mon vieux ! Si je trébuche, par exemple, que je la lâche, qu'elle tombe dans le caniveau et qu'elle est emportée dans les égouts… Ou qu'une voiture lui roule dessus…

– Ben… si tu ne penses à personne à ce moment-là, y aura pas de conséquence !

– Justement ! Encore faut-il ne penser à personne ! T'es toujours maître de tes pensées, toi ? »

Léo est obligé de reconnaître que non. Des fois, on a quelqu'un dans la tête nuit et jour, et impossible de s'en débarrasser. Quand on est amoureux, entre autres...

Faire le vide dans son esprit, c'est vachement difficile. Essayez un peu, vous verrez !

« Bon, allez, on se grouille ! décide le jeune garçon, en pressant le pas. Plus vite on en sera débarrassés, mieux ça vaudra !

– Cool, Raoul ! » souffle sa compagne, prenant autant de précautions que si elle marchait sur des œufs, tant elle redoute la moindre secousse pour la poupée.

Elle scrute le carrefour pendant au moins cinq minutes avant d'oser traverser, et c'est alors que...

« Oh, regarde ! »

Sur le trottoir d'en face, un drame vient de se dérouler en direct. Drame dont ils ont été les témoins impuissants...

Un grand type à mobylette a surgi de la rue, a doublé une vieille dame et lui a arraché son sac. Tout ça en moins de cinq secondes...

« Au secours ! Au secooours ! »

La vieille dame hurle à pleins poumons. Des passants se précipitent pour lui venir en aide. Les commerçants jaillissent de leur boutique — et parmi eux Moustache, le marchand de farces et attrapes.

« Espèce de crapule, s'attaquer à une grand-mère, vocifère-t-il, tendant le poing en direction du voleur. Ah, si je le tenais, ce lâche, il passerait un mauvais quart d'heure ! »

Trop tard, hélas. Dans une pétarade de moteur, la mobylette disparaît à l'horizon.

« Il y avait tout le montant de ma retraite, dans mon sac, sanglote la petite vieille. Et la dernière lettre de mon fils, qui vit à l'étranger... »

Sa détresse remue Rita de fond en comble. Elle sent monter ses larmes... et d'un coup, une idée lumineuse jaillit dans sa cervelle.

« Attrapez ça ! » crie-t-elle à Moustache, en lui lançant la statuette à la volée.

Léo en reste abasourdi.

« Mais... mais... mais... t'es folle ? » bêle-t-il.

Folle ? Pas du tout. Très futée, au contraire. Comme Moustache — ahuri, lui aussi — attrape la poupée, le bruit de moteur se fait à nouveau entendre. La mobylette réapparaît au bout de la rue et fonce vers l'assistance stupéfaite. Parvenue devant Moustache, elle freine à bloc. Et le voleur, emporté par la force centrifuge, passe par-dessus le guidon pour s'écraser aux pieds du marchand de farces et attrapes.

Ce "remords tardif" (comment interpréter autrement un tel revirement ?) lui vaut l'indulgence de l'assemblée. Trente secondes plus tard, ayant rendu le sac à sa propriétaire, il repart en zigzagant, convaincu d'avoir perdu les pédales — ce qui est le comble pour un conducteur de deux-roues — et bien décidé à rentrer dans le droit chemin.

Quant à Léo et Rita...

Ébranlés par cet incident, ils reprennent leur route en silence.

« Léo...

— Oui ?

— Elle est quand même chouette, cette poupée... Tu te rends compte de ce qu'on peut faire, grâce à elle ? Combattre les malfaiteurs, empêcher des hold-up, des prises d'otages, des crimes... Peut-être même arrêter les guerres ! »

Léo hoche la tête. Il connaît les aspects positifs de la statuette pour les avoir personnellement expérimentés. Caresser Rita, assommer Arthur, c'est déjà pas mal, comme exploits !

« Quand on sait bien l'utiliser, évidemment... » admet-il.

La fillette lui dédie un sourire enjôleur.

« Euh, dis... Tu ne me la prêterais pas, juste pour un jour ou deux ? »

Ses yeux noisette brillent de convoitise. Comment leur résister ?

« D'accord... mais fais gaffe, hein ! C'est une terrible responsabilité !

— Ne t'inquiète pas, je saurai me montrer digne de ta confiance ! J'éviterai tous les risques inutiles et je n'utiliserai le pouvoir de la poupée qu'à bon escient ! »

Deux baisers sonores scellent le pacte, et dissipent les derniers doutes de Léo.

9

La nuit du saut à l'élastique

Dix heures. Léo est dans son lit mais ne dort pas. Il éprouve une étrange sensation : celle d'une présence à ses côtés. Comme si quelqu'un d'invisible partageait sa couette et son oreiller. Pourtant, il a beau vérifier, re-vérifier et re-re-vérifier, il n'y a personne !

« Je deviens barje ou quoi ? »

Pas de doute : il entend la présence respirer dans le noir. Mais elle n'est pas effrayante, non ! Au contraire : elle est douce, chaude, amicale et… sent bon !

En fait, elle lui rappelle Rita…

Rita, c'est exactement ça ! Il a l'impression que Rita dort près de lui…

Ce n'est pas la première fois qu'il imagine ce genre de chose — comme tous les CM2, d'ailleurs ! —, mais jamais encore ses désirs secrets n'avaient pris une telle réalité.

« Rita… se surprend-il à murmurer, le cœur houleux. Rita, c'est toi ? »

Pas de réponse, évidemment. En lui-même, Léo se traite d'imbécile. Puis soudain, il comprend.

« Nom de nom ! Rita doit dormir avec la poupée… ET RÊVER DE MOI ! »

Mais... ça change tout, ça ! Apaisé par cette merveilleuse certitude, il se laisse bercer par le souffle adorable, et finit par s'endormir.

Un choc d'une violence inouïe le réveille, quelques heures plus tard. Son lit tangue de gauche à droite, les coups pleuvent sur lui comme sur un punching-ball. À tel point qu'il finit par se retrouver sur la carpette.

« Ben dis donc, elle a le sommeil agité, la mère Rita ! Je parie qu'elle vient d'éjecter la pauvre poupée, à force de gigoter ! »

Il se relève tant bien que mal, s'aperçoit qu'il est couvert de bleus, de plaies, de bosses... et prend une brusque décision :

« Cette fois, la coupe est pleine. Faut que ça cesse une bonne fois pour toutes ! »

Silencieux comme une ombre, il enfile ses vêtements puis, sur la pointe des pieds, sort de la maison. L'impasse des Fleurs, où habite Rita, n'est qu'à cent mètres, à peine ; il les franchit en boitillant.

La chambre de Rita donne sur la rue. Ramassant des gravillons sur le trottoir, le jeune garçon en envoie une poignée dans ses carreaux.

À la première tentative, rien. À la seconde non plus. À la troisième, la fenêtre s'ouvre et une mince silhouette aux longs cheveux se profile dans l'entrebâillement.

« Qu'est-ce que c'est ?

– Moi ! chuchote Léo, impressionné par l'insolite de la situation. Je suis venu rechercher la poupée.
– Quoi ? Parle plus fort, je ne t'entends pas ! »

Vue d'en bas, Rita est encore plus belle que d'habitude. Le rayon de lune qui joue dans ses boucles brunes l'auréole d'une lueur bleutée. Léo sent son cœur fondre dans sa poitrine.

« Euh... je... je... je t'aime, Rita ! »

Sa propre audace le sidère. Mais après tout, Rita rêvait de lui, non ? C'est bien la preuve qu'il ne lui est pas indifférent !

Va-t-elle sourire ? Murmurer : « Moi aussi » ? Descendre le retrouver ? Se glisser dans ses bras ?

« Répète, s'il te plaît, j'ai rien compris ! » se contente-t-elle se souffler, du haut de son perchoir.

Les mains en porte-voix, Léo articule : « JE T'AIME ! », mais la réaction de Rita n'est pas du tout celle qu'il attendait. Une grimace de colère tord ses traits angéliques.

« Ah non, ça ne va pas recommencer !
– Qu'est-ce qui ne va pas recommencer ?
– Mon cauchemar, tiens ! J'étais en train de rêver que tu essayais de m'embrasser de force. J'avais beau te repousser, te bourrer de coups de poing et de coups de pied, tu revenais sans cesse à la charge ! Pas moyen que tu comprennes... »

Vexé, le jeune garçon tâte ses côtes douloureuses, ses ecchymoses, sa paupière tuméfiée, et lance aigrement :

« Si, si, j'ai parfaitement compris, rassure-toi ! Alors, cette poupée, tu me la rends, oui ou non ? »

La tête de Rita !

« Pourquoi ? Je croyais que tu me la prêtais pour quelques jours...

– Oui mais... mon oncle est revenu et il veut la reprendre, ment Léo.

– Dans ce cas... admet Rita à regret. Attends, je vais te la chercher. Dommage, je commençais à m'y attacher...

– Ah ouais ? C'est pour ça que tu l'as fichue sur la carpette ?

– Sur la carp... sursaute la fillette. Ben... comment tu le sais ? »

Il lui montre son œil au beurre noir.

« À cause de ça !

– C'est moi qui ? Oh la la... »

Moitié hilare, moitié penaude, Rita disparaît dans la pièce pour réapparaître, quelques secondes plus tard, munie d'une pelote de ficelle et de la poupée, qu'elle attache par un pied.

« Qu'est-ce que tu fais ? s'étonne Léo.

– Je prends mes précautions, tiens, cette question ! Maladroit comme t'es, si je te la jette sans qu'elle soit attachée, tu risques de la louper et... de te retrouver avec une jambe cassée !

– Pourquoi tu ne descends pas me l'apporter, tout simplement ?

– Tu veux que je sorte de chez moi au milieu de la nuit ? Non mais pour qui tu me prends ? Allez, attrape ! »

Tenant fermement la ficelle, elle fait descendre la poupée le long de la façade, la tête en bas.

Pris d'un vertige subit, Léo ferme les yeux. Il sait maintenant ce qu'éprouvent les sportifs qui font du saut à l'élastique !

« Doucement ! Dooucement ! supplie-t-il. J'ai la nauséée ! »

L'instant d'après, il vomit. Mais qu'importe ! Il a récupéré la poupée, c'est l'essentiel. Et, foi de Léo, il est bien décidé à la rendre définitivement inoffensive.

10

Le fossoyeur du clair de lune

« Bon, alors, j'en fais quoi, maintenant ? »

Tout en remontant la rue, Léo réfléchit. Parce que "rendre la poupée inoffensive", c'est plus facile à dire qu'à faire ! En théorie, le conseil de tonton Indiana est le bon : la ranger dans un tiroir ou une armoire jusqu'à son retour, c'est clair, simple, logique. Mais à la réflexion… Aucun tiroir n'est assez profond, aucune armoire assez blindée pour y enfouir ce cataclysme ambulant. Maman, la femme de ménage, un voleur, qui sait ? (on n'est jamais à l'abri d'un cambriolage !) peuvent toujours mettre la main dessus. Et les problèmes recommenceront.

Il faut trouver mieux. Plus efficace. L'enfouir dans un endroit où personne — je dis bien PERSONNE ! — ne risque de la découvrir !

La jeter à la poubelle, par exemple…

Avec les clodos qui récupèrent tout ? À écarter.

Dans les toilettes ?

Pour qu'elle bouche les tuyauteries et qu'on soit obligés d'appeler le plombier ? Pas question.

Mieux vaudrait la détruire. La balancer sous un rouleau compresseur, par exemple ! Ou la brûler, comme le suggérait Rita.

Et si, par malheur, en perpétrant ces actes monstrueux, Léo pensait à quelqu'un ? Brrr, il en a la chair de poule !

Bon sang de bonsoir, comment se débarrasser de cette fichue poupée, alors ? En l'enterrant ?

L'enterrer... Ce n'est pas idiot, ça ! Pas idiot du tout ! Six pieds sous terre, comme les trésors des pirates, les os des chiens... ou les cadavres. Il n'existe pas de meilleure cachette ! Sans compter que si, à son prochain séjour, tonton Indiana la réclame, Léo pourra toujours aller la rechercher !

Plus le jeune garçon y réfléchit, plus cette idée lui semble être la bonne. Reste maintenant à trouver où...

Dans le jardin ?

Pour que papa tombe dessus quand il bêche ses parterres ?

Dans le square ?

Idem, en ce qui concerne le jardinier.

Dans le terrain vague ?

Pour qu'elle soit déterrée par les pelleteuses, lorsque le chantier commencera ?

Alors, où ?

La réponse vient d'elle-même, évidente. Là où on enterre tout le monde, pardi ! Au cimetière !

*
* *

Les cimetières, la nuit, c'est d'un sinistre ! Ces tombes alignées dans la pénombre, ces statues, ces croix...

Au moment de pousser la grille, Léo a une hésitation. Des séquences de films d'horreur lui reviennent en mémoire. Morts-vivants, fantômes, vampires... S'il s'écoutait, il rebrousserait chemin. Et à toutes jambes, encore !

Mais une chose le retient.

Une certitude.

Celle que la poupée Zarbie est mille fois plus redoutable que toutes ces créatures imaginaires...

« Allons, du cran ! » s'exhorte-t-il tout bas.

Le grincement du portail lui donne le frisson. Le bruit de ses pas sur le dallage également. Le hululement d'un hibou dans l'ombre lui fait dresser les cheveux sur la tête. Mais qu'importe : il est déterminé à en finir.

Dominant sa peur, il dépasse la maison du fossoyeur et s'engage dans un sentier bordé de cyprès. Inutile d'aller plus loin : ce minuscule espace entre deux tombes fera l'affaire !

« Au travail ! » décide-t-il, en retroussant ses manches.

Il se met à genoux et commence à creuser. Mais avec les ongles, ce n'est ni facile, ni rapide, même lorsqu'il s'agit d'un tout petit trou !

« Je n'y arriverai jamais… Il me faudrait une pelle ! »

Les pelles, ce n'est pas ce qui manque, dans les cimetières ! Malgré l'obscurité, il en aperçoit une, appuyée contre le mur de la maison.

Ah, ça va mieux comme ça ! La langue sortie, le front en sueur, le jeune garçon met tant d'ardeur à l'ouvrage que, bientôt, une fosse miniature s'ouvre, béante, sous la lune.

« Adieu, petite poupée ! Tu m'as quand même donné de bons moments ! » soupire-t-il, en posant un dernier baiser sur le front de bois.

Et là, boum, sans crier gare, l'image de Rita jaillit devant ses yeux. Au même instant, deux heures du matin sonnent au clocher de l'église.

« Assez traîné ! Tchao, Zarbie ! »

Léo prend son élan pour jeter la poupée dans le trou… mais se retient juste à temps. Rita est toujours là, bien présente, dans sa tête.

« Faut que je fixe mon esprit sur autre chose, merde ! »

Mais il a beau se forcer, il n'y arrive pas.

« C'est un comble ! s'énerve le jeune garçon. C'est à moi que je devrais penser, dans un moment pareil, pas à elle ! Elle roupille bien peinarde, elle, pendant que moi, je me tape toutes les corvées ! Oh, j'ai si froid… Je suis tellement fatigué… Je donnerais n'importe quoi pour me blottir sous ma couette au lieu de grelotter dans ce cimetière glacé… »

Ah, l'image de Rita s'éloigne, il le sent.

« Plus vite ce sera fini, plus vite je pourrai rentrer chez moi ! »

Il se voit déjà, se glissant dans son lit bien chaud, fourrant douillettement sa tête au creux de l'oreiller…

Ressassant obstinément ce délicieux projet, il lance la poupée et commence à reboucher la fosse à toute vitesse.

C'est alors qu'une sensation atroce le saisit.

« Aaaaah ! J'étouffe ! »

Trop tard, la terre humide lui emplit la bouche…

11

Rita sourit dans son sommeil

« Léo ! Léo, qu'est-ce qui te prend ? »

Le jeune garçon ouvre des yeux épouvantés... et rencontre ceux de sa mère qui le fixent anxieusement.

« Oh, maman, je... » baragouine-t-il.

Puis il s'aperçoit qu'il a la joue dans son assiette.

« Ce n'est rien, intervient papa d'un ton rassurant. Il a juste avalé de travers, n'est-ce pas, fiston ? Tiens, bois un peu d'eau, ça te fera du bien ! »

Léo se redresse péniblement, prend le verre tendu, y trempe ses lèvres. « Alors, tu te sens mieux ?

« Euh... oui, mais... qu'est-ce qui s'est passé ?

– Ce serait plutôt à toi de nous le dire, répond maman, en lui essuyant le visage avec sa serviette (il a la joue pleine de sauce de gigot, et un bout de haricot dans la narine). Nous écoutions les passionnantes anecdotes de ton oncle sans nous occuper de toi quand soudain, tu t'es mis à crier : « Aaaaah, j'étouffe ! ». La peur que j'ai eue !

– Tu es trop émotive, sœurette, remarque tonton Indiana. Tu sais ce que je crois, moi ? Que ce jeune homme s'est endormi, tout simplement ! Et qu'il a fait un cauchemar !

– Comme ça, en plein milieu du repas ? s'effare maman. Ce n'est pas possible ! »

L'énorme rire de l'oncle emplit la pièce.

« Il ne sera pas le premier que mes histoires à dormir debout auront envoyé au pays des songes ! J'ai guéri, de cette manière, le fils d'un sultan que le sommeil fuyait depuis mille et une nuits ! Si, si, je vous assure ! Allez, file, mon bonhomme ! poursuit-il à l'intention de son neveu. Tu seras tellement mieux au lit qu'à écouter les conversations des adultes ! »

Comme un somnambule, Léo repousse sa chaise et se dirige vers l'escalier, quand une voix gouailleuse le rappelle à l'ordre.

« N'oublie pas ton cadeau ! »

Adroitement lancée par Indiana, la poupée Zarbie lui atterrit juste dans les mains. Ça le réveille d'un coup.

« Eeeeeeh, attention ! s'étrangle-t-il. Tu as failli…

– N'aie pas d'inquiétude, elle n'est pas fragile. Si tu savais dans quelles conditions je l'ai trimballée jusqu'ici ! »

Léo avale sa salive avec difficulté.

« Ce n'est pas… une poupée magique ?

– Une poupée magique, quelle idée ! »

Nouveau rire, auquel se joignent ceux de papa et maman.

« Non, bonhomme, désolé ! Tout ce qui vient de loin n'est pas forcément magique, tu sais ! »

Lentement, Léo escalade les marches menant à sa chambre. Il est un peu déçu.

« Complètement à côté de la plaque, le tonton ! M'offrir une poupée à moi, un garçon de dix ans ! Pour qui il me prend, sans blague ? Pour une femmelette ? »

C'est parfaitement ridicule ! Pire : humiliant ! D'autant plus qu'elle est d'un moche ! Et il ne peut même pas la refiler à une copine, personne n'en voudrait !

En ronchonnant, le jeune garçon se glisse sous sa couette. Mais impossible de se rendormir. Son rêve de tout à l'heure l'obsède. Ah, si la poupée Zarbie avait réellement eu du pouvoir, là, ç'aurait été différent ! Il l'aurait appréciée, malgré tous ses inconvénients. Ce n'est pas le genre de cadeau qu'on offre à une femmelette !

Un bruit, à côté de lui, le fait sursauter. La poupée, qu'il avait posée en équilibre sur la table de chevet, vient de dégringoler par terre. Un rayon de lune, pénétrant par la fenêtre, l'éclaire de plein fouet. Sous la lueur blafarde, ses traits semblent étrangement vivants…

Étrangement énigmatiques…

Elle n'est peut-être pas magique, cette poupée, mais faut bien avouer qu'elle en a presque l'air !

Poussé par une impulsion qu'il ne contrôle pas, Léo la ramasse. Puis il ferme les paupières, pense à Rita, et tout doucement, la caresse.

À cent mètres de là, impasse des Fleurs, Rita sourit dans son sommeil…

Informations

Pour vous procurer nos livres, obtenir un catalogue, pour toute information, remarque, ou suggestion, retrouvez-nous sur notre site Internet :

http://www.editions-micmac.com

Du même auteur dans la collection
« **Même pas peur** »

La poupée aux yeux vivants

Voyager dans le passé ? Rien de plus facile pour Lola. Il suffit d'une vieille photographie de sa grand-mère quand elle était enfant. Un peu d'imagination, beaucoup de concentration et le tour est joué: Lola se retrouve à côté de sa grand-mère, le jour de ses dix ans ! Maintenant, il s'agirait de résoudre le fameux mystère de la poupée aux yeux vivants...

Autres titres dans la collection
« **Même pas peur** »

Le livre qu'il ne faut surtout, surtout, surtout pas lire !

Sophie Laroche

« *L'aventure de tes rêves* » est le dernier livre à la mode. Tout le monde le lit... Tout le monde sauf Max ! Il déteste la lecture ! Mais quand votre bande de meilleurs copains est envoûtée par cet étrange livre et que toute la cour de récréation ne joue plus mais lit… Il y a de quoi se poser quelques questions… Max est le seul à pouvoir percer le mystère de ce livre plus qu'inquiétant… Seul ? Ça reste encore à voir… Il y a des alliés qu'on n'imagine pas !

> Autres titres dans la collection
> « **Même pas peur** »

Sauve... qui peut !

Sophie Laroche

Participer à une émission de téléréalité, sur une île paradisiaque, parce qu'on a été sélectionné pour devenir LE super-héros de demain, c'est le rêve, non ? Surtout quand on intègre l'équipe la plus cool.

Sauf que pour les candidats de « Sauve… qui peut », l'aventure vire au cauchemar. Les épreuves ne se passent jamais comme prévu. L'île dévoile peu à peu ses mystères. Et pour tout arranger, il faut supporter Ryan, le plus grand frimeur que la terre n'ait jamais porté.

L'équipe des « Zapataux » va apprendre à se méfier des apparences…et à se serrer les coudes !

> Autres titres dans la collection
> « Même pas peur »

Scool Underworld,

Et les ondes maléfiques

Marie-Christine Buffat

« School Underworld », ils sont trop forts. Leur musique, elle déchire tout. Mais quand même, ils sont drôlement impressionnants. Du coup, avec mes deux meilleurs copains Vincent et Nicolas, on était à peu près certains que Martin, qui est dans la même classe que nous et aussi dans la même équipe de foot, avait disparu à cause de la contamination des ondes maléfiques de la sixième chanson. Line l'intello pensait aussi comme nous, mais pas la police. C'est pour ça qu'on devait faire équipe pour tenter de sauver Martin et le ramener dans le monde normal. Parce qu'on ne doit jamais laisser tomber un copain dans la galère. Tout le monde sait ça.

Achevé d'imprimer sur les presses de l'Imprimerie BARNÉOUD
B.P. 44 - 53960 BONCHAMP-LÈS-LAVAL
Dépôt légal : octobre 2008 - N° d'imprimeur : 809093
Imprimé en France